이름 없는
잡초의 통곡

이름 없는
잡초의 통곡

김완수 시집

해피&북스

들어가는 말

　방송 3사에서는 연일 세월호에 대한 실시간 방영을 하고 있었다. 바닷물에 잠긴 배를 보며 피지 못한 꽃망울들이 겪을 고통을 상상하면 가슴이 너무 아렸다. 사고 후 3일 째 되는 날 침울한 마음으로 잠자리에 들었는데, 갑자기 한 음성이 바람처럼 가슴에 들어왔다. '세월호에 대한 글을 써라. 실종자들, 유가족들과 함께 울고 함께 분노하며, 그들을 위로하고 치유하는 글을 써라'

　너무나 가슴이 아파 채널을 돌리며 세월호 장면을 애써 안 보려 했던 자신이 부끄러웠다. 그 다음 날부터 피눈물로 몸부림치는 유가족의 심정으로 시를 쓰기 시작했다. 슬픔으로 주저앉은 자들이 공감할 수 있는 글을 짧은 기간에 쓰는 것이 쉽지 않다는 것을 뼈저리게 절감했지만, 한 편 한 편에 심혼을 다 쏟았다. 침울하고 무거운 심정으로 TV를 보는 것보다는 뼈아픈 통증을 함께 느끼며 글을 쓰는 것이 한결 마음이 가벼웠다.

날이 갈수록 이번 사건은 무책임한 선장과 선원 몇 사람의 잘못이 아니라 오래 전부터 대한민국 사회에 만연된 총체적인 부도덕성이 빚어낸 끔찍한 인재(人災)라는 사실을 깨닫게 되었다. 성인, 그것도 교육자라는 것이 이렇게도 치욕스러운 적은 없었고, 세계 10대 경제대국이라 자부하던 내 조국이 이 정도 수준인가, 우왕좌왕하는 정부 대처를 보며 대한민국 정부가 이 정도 수준인가, 쇠망치로 뒤통수를 맞은 듯 했다.

현재 대한민국 성인 대다수는 이와 같은 공감을 느끼며 죄 없는 어린 학생들을 제물로 만든 죄의식과 비탄의 눈물에 젖어 있다. 어느 때보다도 정부 책임 있는 사람들의 처벌과 반성, 근본적인 국가개조의 대수술이 필요하지만, 또한 국민 각

자 도덕성 회복에 있어서 절대 놓쳐서는 안 되는 절호의 기회가 되어야 한다고 절감한다. 또다시 냄비 근성으로 머지않아 망각의 늪으로 빠져서는 절대 안 될 것이다.

따라서 시를 쓰며 막중한 사명감을 느낀다. 무엇보다도, 고통 받는 유가족들과 중, 고등학생들의 바람처럼, 이 시집이 이 사건을 국민들 가슴에 영원히 잊지 않게 아로새기는 기록물이 되기를 희원한다. 뿐만 아니라 비탄에 빠진 자들을 위로하고 치유하며, 정부의 책임 있는 자들은 물론 국민 각자의 자발적인 도덕성 회복을 촉구하는 작은 도구로 쓰임 받을 수 있기를 간절히 기도한다.

끝으로 단원 고등학교 홈 페이지에 올린 일부 시들에 많은 관심을 보여준 단원고 학생들과 이 시집을 출간하는데 흔쾌히 도움을 준 후원자들에게 심심한 감사를 드린다.

2014. 7. 17. 김완수

후원해주신 분들

김 윤 희 님

김 용 선 님

복 명 희 님

여 운 숙 님

유　　로 님

정 재 옥 님

최 완 치 님

|차 례|

|제1부|

비통의 눈물

입을 열어라

네가 내리친
벼락 한 방에
한반도 전체가
불구덩이 속에서
피와 살이 타고 있는데

너는
하늘이 온종일
비의 채찍으로 세차게 두드려 패고
성난 바다가
온몸을 휘감고 비틀어대는데도
갯벌 깊숙이
두껍고 차가운 얼굴을 숨긴 채
용서 한마디 빌지 않고
입술을 굳게 처닫고 자빠져 있느냐

어서 빨리

냉혈의 입을 열고

가녀린 꿈 망울들에게

물고문한 이유를 말해봐라

어서 빨리

목련꽃보다도

희고운 꿈들을 머금은 꿈 망울들에게

막가파식 범죄를 저지른 이유를

쏟아내란 말이다

세월아 네월아 누워있지만 말고

실어증에 걸린 입술

가볍게 스치는 바람결에도
깔깔거리며
호들갑 떨던 입술인데

심해(深海) 한가운데
맨몸으로 감금되어
수십 일 째
앙다물고 있으니

온실을 난생처음 떠나
한 점 빛도 없는 감옥 속에서
사나운 이빨 밤낮으로 갈아대는
굶주린 파도의 협박에 질려
하루를 천년처럼 몸부림치는 너를
잠시 그려보는 것조차
숨이 막히고 몸서리쳐지는구나

경련이 인 채 얼어붙어
신음조차 토하지 못하는
가여운 입술

아무 것도 해 줄 수 없는
엄마 아빠는
무지렁이 파렴치범이기에
가슴만 쥐어뜯으며
새끼 잃은 어미 소처럼
메아리 없는 허공중에
네 이름만 꺼억꺼억 불러본다

최고의 보물단지

이불이나 TV에게
조금만 길게
애정 표현을 해도

죽을죄라도 지은 자처럼
목울대에 핏줄을 세우고
얼굴이 새파랗게 질리도록
가녀린 심장을 사정없이 후벼 파던
엄마는

대답 없는 문자판을
하루 종일
누르고 또 누르며
해맑은 너의 사진들을
매만지고 또 매만지며

금쪽같은 보물덩이를
곁에 두고도
애물단지처럼 쥐어박던
한 가지 한 가지가
가슴을 찌르고 또 찔러
온몸을 나뒹굴며
흐느낀단다

이 세상 그 어떤 보물보다
소중하고 어여쁜 내 아가야,
바보 천치 욕심쟁이 엄마를
한 번만 봐주고
이 어미가 새롭게 발굴한
최고의 보물단지, 네 이름 석 자
단 한번, 단 한번만이라도
들려주면 안 되겠니?

선장

죄송하단 한마디 말의 포장지로
네 죄를 모두 덮을 수 있단 말이냐

먹는 것이 목구멍을 타고서
편안히 여행을 하고
눈꺼풀로 무서운 시선들을 단번에 비웃어버리
고
평화로운 꿈나라로 떠날 수 있단 말이냐

허기진 바다의 뱃속에서
진저리 치는 자들의
피눈물 비명이
들리지도 않는단 말이냐

수백의 응급환자들을
내팽개치고
줄행랑치라고 지시한
양심의 녹음된 음성을
들어보고 싶구나

네가 진정
선장의 탈을 썼다면
네 손과 입술에
단 한번 의심의 눈빛조차 던지지 않고
생명 줄 맡긴 그들을 두고
어찌 발걸음이 떨어진단 말이냐

뻔뻔한 아가리들

'실종자 전원 구조' 라는 음절을
또렷이 마디마디 내뱉어놓고는
단 몇 시간 만에
천연덕스런 입술과 공모하여
실수였다고 나불거리는
혓바닥들이

보배들의 생사를
두 눈으로 또렷이 보고 싶어
한순간도 놓치지 않고
화면에만 시선을 붙들어 맨
휘둥그런 눈동자들을
두 번 세 번
울리고 죽인다

시간이 갈수록
정부 나리의 아가리도
해경, 해양청 나리의 아가리도
또랑또랑한 아나운서의 아가리도
토악질이 난다

틈만 나면
아이티 강국, 조선 강국
목청을 드높이던
대한민국이 맞는가
아니면 허튼수작을 노래하는
거짓말 공화국이란 말인가

미친 불감증

5년 전
이웃나라 바다에 엎어져
경종의 비상벨을
크게 울린 아리아케호

하필이면 왜
똑같은 엄마의 뱃속에서 낳은
그것도 수명이 차
골병이 들대로 든
고물을 들여왔을까

돈에 눈이 뒤집혀
뉘 집 자식인지
어디가 얼마나 병들었는지
살펴볼 시력조차 잃었는가

돈에 눈이 뒤집혀
몸집을 가분수 기형아로 만들어
파도의 롤러코스터 위에
내던졌단 말인가

돈에 취해
양심이고 도덕이고 윤리고
배 밖으로 튀어나온 지 오래 된
얼간이 미치광이들에게
피어나는 보물들을
맡겼단 말인가

너도 미치고
나도 미치고
이 나라도 미쳐
청초한 보물들만
애꿎은 제물이 되었구나

행복의 꽃동산

입만 열면
행복의 꽃동산을
귀가 따갑게 떠벌리더니

안도감에 취하여
희망의 노래를
잠시 불러보기도 전에

전 국민을
비탄의 강으로 몰아넣고
때아닌
눈물의 홍수로 물난리가 나게 할 줄이야

행복의 꽃동산은
사탕 바른 입술로만
삽질을 하는 거냐

오랜 세월
사기꾼 여우들의 꼬임에
지칠 대로 지친
전 국민 가슴을 또다시 짓밟고
우롱의 혓바닥을 얼마나 더 놀릴 참이냐

제발 제발
신뢰와 원칙의 나팔을
더 이상 입술로만 불어대지 말고
땀방울 흐르는 손과 발로
눈물의 홍수를
어서 속히 물리쳐다오

개 나리들

덫에 걸려 날뛰는 자들에게
가만히 있으라는 한마디만
안정제처럼 먹여놓고
꽁무니 뺀 놈들에게 뒤질세라
덧셈 뺄셈도 초딩보다 못하며
전 국민 눈과 귀를
하루에도 몇 번씩 조롱한 나리들

엿이나 바꿔먹을 낡아빠진 고물들이
죽음이 쩍 벌린 아가리 위를
안방처럼 질주해도
몰라서 졸고 있었는지
알면서도 졸고 있었는지
도무지 대갈통 속셈이
깜깜한 나리들

오래 전부터
얽히고설킨 실타래
풀려고 손을 쓸수록
망신거리만
전 세계로 우르르 쏟아지는구나

에라이 불쌍한 나리들아
개목걸이를 백성들에게
자꾸만 씌우려들지 말고
너희들 목에나 단단히 걸고
건방 떨며 짖어대지나 말아라

제발 앞으로는
네 놈들 목숨 줄을
방패로 삼더라도
백성들 숨통부터 지켜라

입맞춤

수백의 팔팔한 사슴들이
생사의 기로에서 울부짖는
일 분 일 초를

구조선을 띄우라는
긴급 타전 대신
간교한 음모를 속달대며
주둥이를 맞추느라
내팽개쳤다니

숨통마저 꽉 막혀
분노의 화염조차
내뿜을 수 없구나

아아-

선원의 제복을 입고

어쩌면 그럴 수가

인간의 가죽을 쓰고

어쩌면 그럴 수가

인간 밑바닥은

얼마나 깊을까

보지 못한 밑바닥이

아직도 남았을까

5살 미소

바다 지옥
소용돌이 속에서
막 건져 올린
어린 아이가

물기도 채 마르기 전에
생지옥에서
온몸의 말초신경으로
생생히 녹화된 영상을
다 잊은 자처럼

엄마, 아빠
생사를 묻지도 않은 채
우유 한 모금을 반색하며
해맑은 함박 미소를 짓는다

아이의 미소가

햇살처럼 천사처럼 빛날수록

쳐다보는 눈동자들 구석엔

흐르는 눈물

애잔한 빛깔이 노을처럼 번진다

트라우마

모든 의욕의 피가
식어버린
먹먹한 가슴
밤낮 눈물만 흘리네

분통이 치밀어 올라
잠시 고개를 돌렸다가도
또다시 궁금증의 유혹에
TV 안으로 빨려드는 두 눈
밤낮 눈물만 흘리네

물벼락을 맞고
날개가 부러져 발버둥 치는 참새들이
내 어린 새끼 같아
먹을 것조차 넘기지 못하는
막혀버린 목구멍
밤낮 눈물만 흘리네

거리의 초목들도
몸부림치며
녹색 눈물 밤낮 흘리고
길가의 진달래도
온몸으로
붉은 눈물 밤낮 흘리네

통증조차 마비된
먹통 가슴,
다만 꺼지지 않고
밤낮 휘도는 한 줄기 외침
"살아만 있어다오!"

늙은 늑대

검은 돈으로 엮어 짠
안전 문을
사방에 빈틈없이 달아놓고
깊은 숲속 별장에 숨어
문어발들의 피를
빨고 있던 야수

겉으로는
구원의 가면을 쓰고
천사의 미소를 짓고 있는 그가
죄 없는 수백의 꽃들을
한순간에
잡아먹을 줄
그 누가 상상인들 했겠는가

한 여름 밤 납량 특집
공포영화의 주인공

숙연한 교실

재잘대는 학생들과 선생님은
어디 가고
국화꽃만 한 다발씩
책상 위에 앉아
숙연히 자습을 하고 있네

누가 학생들과 선생님을
어디로
끌고 갔을까

그 순간
가슴에서 들려오는
미풍 같은 소리

범인 중 하나는
바로 너다

양심이 무릎을 꿇고
고개를 숙인다

제발, 제발

"봉사자들 많이 보내고 있어요
가족 잃은 심정
누구보다 잘 압니다"

투표 꾼 비위나 맞추며
입술만 촐랑대는 당신들이
형체마저 뭉그러진 내 새끼
기약 없는 발자국 소리만 기다리는
숯덩이 가슴속을
샅샅이 볼 수 있다고?

높다란 의자에 앉은 당신들
사과(謝過)를 위해 내밀 손이 있다면
피곤한 잠수사들
안마나 해줘요

제발, 제발 우리 아이들
머리털 뽑히고 이빨 빠졌어도
데리고 갈 수만 있게
묻어줄 수만 있게

제2부

감동의 눈물

교감 선생님

누구에게도
책임의 칼날을 돌리지 마시오
몸부림치는 보석 꽃들에게
더 이상 뻔뻔한 얼굴 쳐들 수 없어
모든 잘못의 짐을 지고
먼 길을 떠납니다

숨통 건진 우리들은
친구들을 어떻게 바라보라고
우리 손을 뿌리치고
바람처럼 휙 날아가버리세요?

선생님은
끝까지 곁에 서서
떨리는 손 잡아주고
떨리는 가슴 어루만지며
함께 기도의 눈물
쏟아야 되는 것 아니에요?

살아남은 죄인들은
친구들을 어떻게 바라보며
얼어붙은 가슴으로
무얼 어찌하란 말이에요?

불러도 대답 없이
서둘러 길 떠난 님아
얄리 얄리 얄라셩
날러는 어찌 살라고
버리고 가시리잇고

선생님

"걱정마라 안심해라"

갈 곳을 잃은 채 두 눈을 뒤집고
이리저리 날뛰는 양들을
단단히 붙잡아 이끌던
따뜻하고 든든하던 손길

그 손길 체온이
아직도 전신을 휘감아 감도는데
보자기를 덮어쓴 얼굴로
꿈결처럼 나타난 그 사람

TV에 나타난 그는
얼마 전까지
정신 줄 잃은 양들을 잡아주던
선생님이 설마 아니겠죠?

눈을 믿을 수 없어
부비며 부릅떠보고
귀를 믿을 수 없어
후벼 파 보고
화면을 믿을 수 없어
채널을 이리저리 돌려 봅니다

당신은 절대로
부끄러운 죄인처럼
전신을 가리고
TV에 출연할 분이 아닙니다

여승무원

법이나 도덕의 실뿌리 한 개마저
보이지 않고
본능만이 앞다투는
소용돌이 속에서

자신의 생명을 사수해줄
구명복으로 무장하려는
생각의 손조차 뻗어보지 않은 채

죽음의 아가리 속에서
버둥대는 토끼들을
피 끓는 심장으로 건져 올리다
그 아가리 속으로 장렬히 투신한
가녀린 천사

"승무원은 마지막에 가는 거야"

이 세상 어떤 생물에서도
맡아보지 못한 향기를 내뿜으며
이기적인 본능만이 넘실대는 캄캄한 세상에
지지 않는 별이 되었다

어린 검객의 칼날

마수(魔手)가
먹잇감을 찾아
재빨리 손길을 휘젓는데도

마수의 침입을 막아줄 도복마저
친구에게 건네준 채
맨몸으로 사투를 벌이다
피 흘려 쓰러진
어린 검객

비록 마수를 베어버리고
승리의 환호성을 지르지는 못 했지만
약자를 위해
한 몸을 내던진
검객의 칼날은

자신만의 안일을 위해
약자를 짓밟는 자들
가슴 깊이 꽂혀
수치의 눈물샘을 터뜨렸다

*검객: 단원고 학생 정 모군

대조영함 병사

연일 솟구치는
피눈물의 아우성에
그대의 이름 석 자는
벌써 땅속에 묻혀버렸지만

그대는
한 마디 원망도 불평도 없이
하늘로 솟구쳐 올라
진도 앞바다를 지키는 수호천사가 되어

파도에게 이성(理性)을 빼앗기고
생과 사를 널뛰기하는 심장들을 구하려
폭풍처럼 울부짖으며
밤낮 기도를 하네

이승에서
그들을 건져낼 힘이 부쳐
한 걸음에 서둘러
수호천사가 되었는가

제복을 입고
우뚝 선 그는
묵묵부답
기도의 함성만 드높이네

잠수대원들

내 아들, 내 딸을
살려주세요
찾아주세요

가족들이
몸부림으로 토하는
피눈물 절규만을
가슴에 담고

한 치 앞도 안 보이는
천길 구렁텅이로
하나뿐인 생명의 보물을
일말의 망설임도 없이 내던지는 이들

한 마디 말도 없는
그들의 행동은
그 어떤 달콤한 위로의 입술로도
일으킬 수 없는
희망의 물살이고

아무 것도 할 수 없어
죄책감으로 마비된 가슴들
심장 박동을 되살리는
용기의 물살이다

자원봉사대

눈물을 흘리는 자들
같이 흐느끼며
통증을 나눠 갖고

배고픈 자들
사발 면 물을 부어주며
위로의 마음을 쏟아주고

온몸이 굳어버린 자들
팔다리를 주물러
용기의 피를 돌려주며

돈도 명예도
바라보지 않고
오로지 뜨거운 심장 하나만으로
전국에서 달려와
제 흥에 겨워 종살이하는 그대들은

대한민국 쓰라린 가슴
어루만지며
희망의 빛을 주사 놓는
천사들이다

촛불의 기도

예저기서
산불처럼
기도의 촛불이 타오른다

간절한 소원들이
휘몰아치는 바람 되어
한반도를 넘어 전 세계로
불길이 번져간다

말도 죽이고
숨도 죽인 채
타오르는 촛불의 몸짓은
오직 하나
'살아서 돌아오라'

날이 갈수록
촛불들은
화산처럼 불기둥을 뿜어 올려
하느님의 가슴에
불을 붙일 기세로 타오른다

노란 리본

애절한 소원을 가득 실은
노란 깃발이
한반도 온몸에서
몸부림친다

노란 물결은
온 땅 구석구석으로 흘러
거센 파도가 되어 일렁인다

꺼져가는 등불도
끄지 않으시는
그 분이 보시고
자비의 큰 손을 내뻗으셨으면

한순간도
자지도 졸지도 않으시는
그 분이 보시고
도움의 큰 손을
내뻗으셨으면

임을 만나 부둥켜안는
마지막 순간까지
오대양 육대주를 흐르며
몸부림쳐보자

말라버린 눈물샘

연일 밤낮으로
쉴 새 없이 쏟아낸 탓인지
온몸으로 펌프질을 해도
솟아나지 않는 눈물

찬바람만 휭휭 부는
바다의 얼굴을 향해
납작 엎드려
영혼의 실핏줄 기력까지 다 쏟아
통사정을 해본다

내 새끼 좀 살려줘요
내 새끼 좀 돌려줘요

바다는 눈이 멀었는지
귀가 먹었는지
눈빛조차 안 주고
제 흥에 겨워 춤만 춘다

조문행렬

길게 줄지어선
남녀노소들
모두가 죄인 되어
고개를 조아리고

국화꽃 한 송이를
속죄의 제물로 바치며
마지막 작별 인사를
충혈된 눈빛으로 쓴다

지켜주지 못해 미안해
잊지 않을 게
하늘나라 가서 잘 살아라

천근만근 발걸음을
한 발 두 발 옮기며
뜨거운 눈물방울
꽃잎처럼 뿌린다

흐느끼는 신음은
아린 가슴통을 울리며
연주를 그칠 줄 모른다

|제3부|

희망의 눈물

그 분의 편지

아직도
쏟아낼 눈물이 남았다면
펑펑 우시오

당신이 흘리는 눈물은
수증기 되어
하늘을 올라가
그 분의 가슴을 적실 것이요

머지않아 그 분은
당신의 피눈물을 닦아주며
당신의 가슴에
편지를 보낼 것이요

"아이는 걱정마라
더 이상 눈물이 없는 나라에서
영원토록 지켜주마
너의 목숨 같은 아이는
나의 목숨 같은 아이란다"

자책의 회초리

피어나는 꿈 송이를
방금 묻은
당신의 가슴속을
그 누가 들여다 볼 수 있으리오

모든 것이
무능한 당신 탓이라고
피멍든 가슴을
자꾸만 내리치지는 마시오

방방곡곡에서
수많은 사람들이
당신의 꿈 송이를 꺾은
공범이라고
가슴 치며
흐느끼고 있다오

저들의 통곡소리를 들으며
힘을 내시오
울고 있는 저들은
모두 당신의 통증을 함께 나누는
친구들이오

외딴 섬

구멍 난 가슴에
수시로 찬바람이 휘몰아쳐
솟아나는 눈물이 넘쳐날 땐

어두운 외딴 섬에 갇혀
눈물의 소용돌이에 휘말린 채
넋을 잃고 쓰러지지 마시오

꽃을 잃은 자가
당신만이 아니니
그들과 함께 울며
텅 빈 가슴속 사연을
털어 놓으시오

함께 손을 잡고
서로의 어깨를 두드리며
일어나시오

시간이 흐르면서
그 분이 보내시는
은총의 햇살은
구멍 난 가슴의 통증도
차츰 가라앉히고
새살도 돋게 할 것이오

물결의 흐름

메아리 없는 이름만
허공에 불러대며
흐르는 물결을
외면하지 마시오

쏟아지는 눈물이
손과 발을 묶을 때마다
나는 바보다 나는 바보다
소리치며

당분간
멍청한 바보가 되어
앞도 뒤도 옆도
돌아보지 말고

마음의 고삐 단단히 움켜쥔 채
당장 눈앞에 흐르는
물결만 바라보며
물결치는 대로 흘러가시오

그렇게 그렇게
물결을 따라 나아가다보면
가슴의 동통도 흐려지고
물결을 헤치는 근육도
제법 단단해질 것이오

우울한 음표

수많은 자동차들의 위협을
지팡이 하나로 방어하며
횡단보도를
조심조심 두드리는
시각장애인

횡단보도를 건넌 그는
살았다는 안도의 한숨을
길게 내뿜고는
산 너머 산 같은
캄캄한 앞길을
우울한 음표들로 두드립니다

그가 두드리는 음표들은
멀쩡한 두 눈이
얼마나 큰 축복의 선물인지

가슴속을 파고들며
눈물 젖은 선율로 흐느낍니다

분노나 좌절의 눈물이
솟구칠 때마다
시각장애인 우울한 음표들에
귀를 기울여보시오

걸을 수 있다는 한 가지

두 손 두 발로 바닥을 기면서
눈물 섞인 미소의 반주로
감사의 노래를 부르는 자

휠체어에
죽은 하체를 올려놓고도
눈물 섞인 미소의 반주로
행복의 노래를 부르는 자

그들의 동전 바구니가
부끄러운 게 아니라
사지가 멀쩡한데도
한탄의 노래를 부르는 자가
부끄러운 자임을
그들의 미소에서 보고

걸을 수 있다는 한 가지가
걷지 못하는 자들의
꿈에도 소원인 것을
그들의 눈물에서 봅니다

무거운 발걸음이라도
한 걸음 한 걸음 내디디며
걸을 수 있다는 한 가지 만으로도
당신이 가장 비참한
운명의 주인공이 아님을
발바닥으로 거듭 두드려보시오

이제 그만

몸부림치며 우는 자여
잃어버린 아이를
영영 못 건진다 해도
이제 그만 눈물을 그치시오

당신의 아이는
바닷물에 잠긴 해가
하늘 높이 솟구치듯
하늘나라로 올라 가
편안히 쉬고 있소

눈물도 없고
고통도 없는 그곳에서
당신이 눈물 멈추기를
기도하고 있소

더 이상
눈물을 낭비하지 말고
온밤을 지새우지 말고
편안히 쉬시오

그것이
하늘나라
당신의 아이가 바라는
간절한 소원이요

시간의 의사

바람처럼 달아나는
공부의 손을
어서 빨리 붙잡아야지

머릿속은 왜
불청객 악몽이 떠나질 않고
가슴은 왜
눈물이 멈추질 않을까

친구를 잃은 자들아
성급한 발걸음을
잠시만 멈추자

시간의 의사가
손 하나 대지 않고
사자나 호랑이의 날카로운 이빨도
빼버리듯이

시간의 의사에게
머리와 가슴을 기대고
잠시 치료를 받다보면
불청객 악몽도 떠나가고
흐르는 눈물도 멈출 거다

더 높은 고지를 오르기 위해
성급한 발걸음을
잠시만 멈추자

골방의 꽃나무

모든 의욕의 이파리가 늘어져
어두운 골방에
쓰러져 있는 꽃나무야

잠시 눈을 감고
가슴에 들려오는 소리에
귀를 기울여보라

사랑하는 가족과 친구들이
너의 미소를 되찾기 위해
온몸으로 연주하는
기도소리를 들어보라

잠시 일어나
눈을 돌려
창밖을 내다보라

네 가슴의 상처를

지우기 위해

무성한 잎사귀를 피우고 있는

초록의 나무들과

꽃잎을 열어젖히며

향기를 뿜어내는 꽃들을 바라보라

그리고 너를 한 없이 짝사랑하기에

햇빛과 비의 박자를 조절하며

이 모든 것을 주야로 지휘하는

하늘을 바라보라

위대한 보물

어른, 사회, 정부
모두가 비겁한 거짓말쟁이

정의와 도덕의 강이 메마르고
불의와 돈만이 강도처럼 날뛰는
불모지

젊음도 꿈도
쓸모없는 휴지조각이 될 줄이야

절망과 우울의 늪을
떠돌고 있는 꽃씨들아

이 잡초가 봐도
이 땅은 썩은 내 가득한
쓰레기 더미

하지만 너와 내가
정직과 정의의 씨앗이 되어
불모지 쓰레기 더미 위에
희망의 꽃을 피워보자

악취 가득한 쓰레기를
밑거름으로 빨아들이며
향기로운 꽃을 피워보자

세상의 그 어떤 보물과도
바꿀 수 없는 위대한 보물,
젊음과 꿈을
마그마처럼 불태우자

양심의 눈물샘

아무런 죄명도 없이
밤낮 고문을 당하다가
꺾여버린 가녀린 꽃가지야

그대는 오랜 세월
부(富)나 성공의 배만을 채우기 위해
온갖 술수로 반죽한 검은 돈을
허겁지겁 처먹다가
굳을 대로 굳어버린 대한민국 양심에
눈물샘을 터뜨렸소

그 어떤 법도 제도도
마비된 양심을 녹이지 못했는데
그대는 온 백성의 양심을 단숨에 녹이고
눈물샘을 터뜨렸소

마치 성자처럼

물고문의 십자가를 지고

온 백성의 죽어버린 양심을 되살렸소

온 백성이 그대를 보고

가슴을 치며

부나 성공의 불룩한 배보다

실낱같은 생명 줄이 소중한 보물임을

뼛속 깊이 아로새겼소

그대는 하늘나라에서

이 땅의 누구도 받지 못한

빛나는 면류관을 받을 것이오

|제4부|

속죄의 눈물

침을 뱉고 짓밟아다오

사랑스런 꿈돌이, 꿈순이들아
너희들이 몸부림친
통증의 깊이를
그 누가 볼 수 있겠니

어른들이 잘못했다
미안하다 용서해라
어찌 몇 마디 짧은 말로
너희들의 상처를
씻을 수 있겠니

그 무엇으로도
속죄할 길 찾지 못해
이름 없는 잡초가
대신 엎드리니
침을 뱉고 짓밟아다오

너희들 심장이
다시 뛸 수만 있다면
가루가 되도록
짓밟히고 싶구나

어서 빨리 침묵을 깨고
소리치며 짓밟아다오
죄인의 무거운 가슴보다
무참히 짓밟히는 형벌이
천 배 만 배 가벼울 것 같구나

잡초의 편지

입술을 굳게 닫은
친구들아

가슴이 잿더미 된
엄마 아빠들은
살인죄를 짊어진 죄인으로 쓰러져
날마다 바다에게 애걸하며
땅을 치고 흐느낀단다

너희에게 지은 죄를
하나하나 떠올리며
또렷이 용서의 말을 빚어낼
정신의 빛도 입술의 힘도
모두 다 잃었단다

이름 없는 잡초가

사죄의 무릎을 꿇고

날마다 피눈물을 흘리니

이제 그만

쓰러진 엄마 아빠를

붙잡아 일으켜

집으로 돌아가면 안 되겠니

하늘나라에서 온 편지

엄마 아빠
이제 그만 눈물샘을 막으세요

죄인들이라고
가슴만 치며
날마다 눈물만 분수처럼 뿜어대면

수시로 눈알을 뒤집고
가지 말라는 길을
핏줄을 세우고 가며
심장의 피를 거꾸로 치솟게 한
청개구리는 어찌 합니까

가슴속에 박은
대못 하나
녹여드리지 못하고

마지막 이별의 순간조차

지울 수 없는 상처만

깊게 아로새긴

철부지를 용서하세요

고통 없는 나라

수정 같은 강가에서

꽃과 나무들 숲을 거닐며

천사들과 춤을 추며 노래하고 있으니

행복한 생각의 씨앗들만

꽃밭처럼 가꾸세요

말 잘 들어라

'움직이지 마세요'
말 잘 들은 죄 한 가지로
바다의 산 제물로
처형을 받다니

말 잘 들어라
말 잘 들어라
화를 내며 목청을 돋우던
입술이
너무나 죄스럽구나

착한 것이
죄가 되는 세상

선생님 종아리를

피가 나도록

살이 터지도록

마음껏 쳐다오

그래야

죄인의 가슴이

조금 덜 쓰릴 것 같구나

잡초의 혈서

밥 한 숟가락 물 한 모금
먹지 못한 채
숨조차 쉬지 못하는 이들이여

그들을
기다리느라
뜬 눈으로 밤의 분초를 확인하며
울부짖는 이들이여

이 나라 나리들은
여전히 갈팡질팡
사탕 바른 입술을 촐싹대지만

온 백성이
마음의 베옷을 입고
가슴을 찢으며
눈물을 흘리고 있으니

그들의 눈물로

분노와 원망의 상처를 씻으며

살인범 이 나라에

굳게 닫힌 가슴의 빗장을 열고

이 땅 구석구석 퍼진 죄의 응어리

잔뿌리 하나까지 대수술하고

다시 일어설 수 있는 기회를

선물해 주오

어린이의 눈물

아빠 빨리 오세요
출장 가신 여행은
오래 걸리나요?

빨리 와서
숙제도 해주시고
놀아주세요

울고 있는 아이에게
아무 것도 아무 말도
해줄 수 없는 잡초는
기도의 눈물만 흘린다

하늘이시어
아이의 눈물방울을
자비의 손으로 받으시고
뭐라고 말씀 좀 해주세요

아비의 살 냄새를 그리워하는
송아지 외마디 울음에
귀를 돌리진 않으시겠죠?

암(癌) 투병 중인 아버지

아들아
어서 빨리 돌아와라
배가 고파 못 오니?

가는 길에
사발 면 한 개 먹인 게
가슴을 이다지도 후벼 팔 줄이야

이렇게 못 올 줄
알았다면
맛있는 거라도
실컷 먹여 보낼 걸

백 번 천 번
눈물을 쏟고 또 쏟아도
사발 면이 눈앞을 가로막는구나

아들아
어서 빨리 돌아와
눈물에 잠겨
꺼져 가는 심장의 맥박을
뜨거운 너의 숨결로
되살려다오

우리가 보냈소

잠시 전
우리 강아지들을 구출하러
바닷물과 일대일 혈전을 벌린
용감무쌍한 장수가

우리들 가슴속
응원의 박수, 소원의 기도 소리가
채 사라지기도 전에

냉혈한(冷血漢)의
일격을 맞고
하늘나라로 떠나다니

우리가 당신을 보냈소
우리가 당신을 보냈소
우리 죄인들은
어찌해야 어찌해야
살인죄를 탕감 받을 수 있겠소

염치없는 죄인들은
뼛속에서 자아낸 눈물방울로
영웅 메달을 엮어
그대의 목에 걸어드릴 뿐이오

*당신: 구조하다 죽은 민간 잠수사

울고 있는 어부들

그물을 내리고
고기를 건지는
바다에서

그물을 내리고
사람을 건지는
어부들

무법자에게
밥줄을 강탈당하고
텅 빈 창자가
온몸을 뒤틀며 흘리는 눈물을
그 누가 닦아줄까

지친 어부들
눈물 소리 들으며
무능한 잡초는
덩달아 흐느끼며 넋두리할 뿐이다

무법자야
어서 빨리 일어나
어부들 밥줄을
되돌려다오

제5부

소원의 눈물

어찌 하오리까

하늘이시여
숱한 세월 험난한 소용돌이 속에서도
아버지의 손길로 불철주야 붙잡아주시고
다독여주셨건만

배은망덕한 철부지는
당신을 등지고
돈 만을 좇으며
허둥지둥 내달리다가

제 새끼들마저
제 발로 밟아버리는
미치광이가 되었습니다

오장육부가

속속들이 곪아

악취가 진동하니

어찌 하오리까

쓸모없는 잡초는

당신의 넓으신 가슴을 열어

온갖 합병증으로

죽어가는 자에게

치유의 광선을 비춰달라고

무릎 꿇고 눈물을 흘릴 뿐입니다

안아주세요

하늘이시어
미치광이 이 나라가
피어나는 보석들을
바다의 제물로 바쳤으니

얼어붙고 피멍든 보석들을
긍휼한 눈빛으로 살펴보시고
포근한 가슴으로 안아주세요

공부 방아에
하루도 쉴 새 없이
휘감겨 돌기만 하던 보석들이오니
포근한 가슴으로 안아주세요

무서운 파도의 타격에
얼어붙은 가슴은
생명나무 잎들의 미소로 녹여주시고
피멍든 상처는
천사들의 노래로 치료하여 주세요

공부도 시험도 없는
당신의 나라에서
향기로운 꿈 맘껏 꾸며
못 다 핀 보석의 꽃잎들을
활짝 열게 안아주세요

피눈물의 절규

나의 애인, 나의 희망,
나의 보물, 나의 행복이
꿈결처럼 사라졌으니
캄캄한 사막 길을
어찌 가란 말입니까

밤마다 꿈속을 찾아와
'엄마 아빠 살려주세요'
비명을 질러대니
찢어지는 가슴
흐르는 피눈물을
어찌 하란 말입니까

무슨 죄가 있기에
무지몽매한 자에게
이 같은 형벌을
내리시나이까

하늘이시어
불철주야
몸부림으로 올리는
피눈물의 절규를 들으시고
은총의 손길을 속히 뻗어주소서

갈아엎으소서

꼬락서니마저 흉측한 놈이
거꾸로 나자빠져
각종 사슬에 얽힌
진한 앙금들을
나날이 토해내고 있습니다

썩은 내 나는 앙금들이
떠오를 때마다
온 백성의 가슴엔
분노의 피가 부글부글
솟구칩니다

하늘이시어
꽃동산을 만들어준다는
어떤 주둥아리도
눈웃음치는 여우의 콧노래로 들리니

더 이상 그들을 지켜보지 마시고
당신께서 주인의 자리에 앉아
썩은 땅을 갈아엎으시고
새 흙에 새 희망의 씨를
뿌려주소서

화면

오늘도
얄궂은 기억의 손잡이가 틀어주는
생생한 화면들을 지우지 못해
몸서리칩니다

얼마나
시간의 바퀴가 굴러가야
화면이 흐릿해지거나
사라질까요

하늘이시어
나약한 죄인의 질긴 목숨 줄을 위해
세월의 바퀴를 빨리 돌리셔서
얄궂은 기억의 눈을
흐리게 하소서

믿음의 눈

눈물의 중독자가 되어
자나 깨나
눈물에 취해 주저앉아
한치 앞을 보지 못 하는 자들

하늘이시어
저들을 측은한 눈길로 바라보시고
믿음의 눈을 뜨게 하시어
하늘나라 꽃들을 보게 하소서

저들이 그토록
그리워하던 꽃들이
보름달 미소 지으며
재잘대는 모습을 보게 하소서

꽃들의 미소가
한순간에
눈물샘을 마르게 하고

재잘대는 목소리가
한순간에
안도의 한숨을 내쉬게 하는
신비의 묘약이 되게 하소서

이끄소서

하늘이시어

대한민국 호가
눈물의 강을 허우적대며
어디론가 표류하고 있습니다

제발 강물 속에
거짓, 무책임, 비리의 옷들은
흔적도 없이 벗어던지고

깨끗한 양심의 천으로 만든
신뢰와 원칙의 깃발을 올리고
호들갑떠는 입술이 아닌
땀에 젖은 손과 발로
당신이 지시하는 손길을 따라
노 저어 가게 하소서

험난한 폭풍을 만난다 해도

예전에 입던 낡은 옷을

또다시 입지 말게 하시고

당신의 손끝만 바라보며

꿋꿋이 나아가게 하소서

다시 한 번

지금은 비록
눈물의 늪에 빠져
비틀거리고 있지만

2002년
온 백성이
거대한 붉은 물결로 하나가 되어
우레 같은 함성, 4강의 괴력으로
온 세상에 박수갈채를 받던
대한민국

하늘이시어
그 때의 그 물결 그 함성
축제의 선물을
다시 한 번 내려주시어
온 세상에
우뚝 서게 하소서

이제부터는 이빨을 앙다물고
그 함성 넘치는 거센 물결에만
시선을 고정시키고
심장의 펌프에서
뜨거운 피를 쉬임 없이 뿜어 올리게 하소서

이름 없는
잡초의 통곡

지은이   김완수

펴낸이   채주희
펴낸곳   해피&북스
초판 1쇄   2014년 8월 18일

주소   서울시 마포구 신수동 448-6
출판등록   제 10 - 1562 (1985. 10. 29)
전화   02-6401-7004
팩스   080-088-7001

IBSN 978-89-5515-528-0